가을 강

秋江

朴在森诗选

[韩]朴在森 著

李晖 译

北京联合出版公司
Beijing United Publishing Co.,Ltd.

雅众文化 出品

作者简介

　　朴在森（박재삼，1933—1997），韩国最受尊敬及最具影响力的诗人之一。出生于日本东京，从小体弱，一生贫困。著有《春香的心》《在阳光中》《千年的风》《在追忆中》等十五部诗集和多部散文集，曾获韩国现代文学新人奖、诗人协会奖等多项韩国最负盛名的文学奖项。

译者简介

　　李晖，诗人、译者，翻译出版有弗兰克·奥哈拉诗精选《紧急中的冥想》、查尔斯·西米克诗集《疯子》、威廉斯诗选《红色手推车》、卡罗尔·安·达菲诗集《狂喜 蜜蜂》、沈复《浮生六记》（自林语堂英译本回译）等。

目 录

飞龙瀑布韵

现在，天空的声音
即使已化为大地之声

雪岳山飞龙瀑布的
一半，仍是天的部分。

最后，我将它托付给
夜空，便下了山。

恨

有点像柿子树吧？
向着忧伤晚霞的颜色渐渐成熟，
我心之爱的果子在那里
成熟。

只在另一世界才可以尽情舒展，
仍在我想的那人背后隐现，
从她的头顶飘落而下，

或已成为
她曾希望种在
她院子里的
巨大悲痛的果实。
还是说她会理解，

假如我说那果实的色泽

是我全部的悲恸，

我前世所有的寄望？

抑或那个人

也是满怀忧伤地在这世上？

不知道，我不知道。

卖糖人的剪刀声

疾病在身上迁延，

像不得不偿还的债务，

但那样我也能对付。

卖糖人的剪刀突然响起

开始了它的新乐章，

将灿烂的宝石

撒在我精神的草地上。

要是我出去

步入卖糖人的剪刀声——

阳光亲密的伙伴，

拿起剪下的一小块

就尝尝味道，

大自然的法则会不会被揭示，或者

我是否会抵达这一错念：

我已经转过弯，踏进

通向永恒的路口？

景致

风行过草地；
阳光越过南海。

三两只海鸥
升起，结束它们
的冷漠，一艘帆船
越行越远，仿佛
要去某个杳远缥缈的国度。

真是可怜啊，
这些，还有这些白色的东西，
只走了这么远，累了；
累了，转身要回来。

有一会儿，风

在落花的阴影里寻求庇护，

有那么片刻，阳光

在翅膀或风帆下稍得遮挡。

你觉得此世

和另一世的分界在哪里呢？

风行过草地

阳光越过南海。

千年的风

风还在玩它

一千年前的把戏。

看看，它不断返回

松树枝上挠它们痒痒。

看，且看看，

一千年了还继续重复着。

所以不要厌倦。

人啊人啊，

在贪慕中把目光转向

奇怪事物的人啊。

来自一首著名歌手的歌曲

松树枝间拂动的风儿；
怀着此温柔的躁动，我的爱，
我也想那样触及你。

但这是
八十岁都实现不了的
梦啊。所以，就用这沾着肉，
带着血的嗓音，我唯一独有的
财产，从我耕种的田里
拔出，扯断根和枝干，
从撼动到核心的我身体的
最深处，我唱给你
这首歌。

一条仙女的路

望着雪岳山众多的山峰时，
显现一条仙女降临的路。
不是单独的一条，
也不是有两三个分岔，
而是沿大腿内侧一道羞耻的
路径，深陷于许多山谷，
云和阳光交汇与分离的边界，
或察觉薄衣袍沙沙的响声
甚至有神圣肉体的香气。

泪水中燃烧的秋江

当我的心怎么都无法安宁，
若我循着一个朋友悲伤爱情故事的足迹，
把秋天的太阳当伙伴，不觉中
来到山脊，眼泪就来了。

聚集在大哥家仪式上的灯光
和其他光，可能都是光，
但我看见了日落时
在泪水中燃烧的秋江。

"看呐，看呐！
            莫说你我……"
那山间水声般新鲜
欢愉的初恋话语也歇了，

爱情结束后随之

而起的泪水也散了，

现在，我第一次看见

疯狂中来到大海的秋江，

它的声音已死去。

某月某日

想着黄土丘
长日炎炎下在灰尘中
脱皮的疼痛，你是否也想到
那呼呼呼刮过的风
扬着尘土？
妻子啊，刚才你也像土丘，
躺在太阳下，胸脯敞开着，
看着蜿蜒的云朵，似乎很好啊，
而药壶在院子的另一角沸腾。

夏去，秋来

如夏天去了
秋天到来，
太阳落下
而月亮升起，

如挥洒汗水
收割五谷
遭受太阳的煎熬
收获宝石般的月光，

啊，我的爱
你是否已献上珍贵的泪水
为寻找一首无法改变的歌？

山水画家

从前有位山水画家
除山和水之外什么也不会画
于是他把鸟叫声，一颗颗
奉献给神灵；
阳光，和风也
一并奉上

只剩下一支笔
就着淡淡发亮的空气
对着聋了的山和水。

说它远就罢了

要说到日月

星辰的距离啊,

还能怎样,说它远就罢了。

所爱之人

与我间的距离,

既然无法丈量,

也是远远地就行了。

这些东西

在一碗凉水里

隐约浮现,

也无法细看。

现在口渴难耐

除了喝下这凉水

我不作他想。

风中

这风，曾轻轻
掠过，吹开你的
头发，一种美妙
的戏弄。

现在
像一个仇人面对我，
冷冰冰，
围绕在我腰间。

怀着梦的少女啊，
你曾经是清风
梦幻一般，用彩虹之色
绣饰你的头发；

而此时

我最最感到酸痛的腰部，

你非但不爱抚，还

磨快了刀刃，一戳，再戳。

黎明，独自醒来

黎明，独自醒来，
看着窗户纸
在水一样的空气里泡着。

起床，
懒惰拖着我的腰，
或又闭上眼睛，
一股清爽扫过眉间：此时
他们已出发去安城，到长者池，
他们为快活而钓鱼，
剩下我守着这窗户纸！

水中会找到旧日的爱情吗？
即便这样的瞎想
或也可填补我空虚的等待吧。

春天来临的路

化了冰的江边，
陪着才康复的姐姐……

两边兼顾的话，
会让暗淡的冥界更加清晰吗？

河对岸的村子里，
桃花开了吗？

刚才，蜜蜂嗡嗡地旋绕
空气中弥漫熠熠的闪烁，

珍珠般的雾正在升腾，
山头上积雪融化的迹象，

而我仍无法指出：

春天宛然来临的那条路。

家乡的消息

哦，对了：那个药店，大室，

小溪边上那家；

那呛人的，所有干药材的气味：

我知道，我很熟悉。

不过你说的那个老人——

留着漂亮的全脸胡，

体格那么结实；

你说他走了，去世了？

都已经好几年了？

然后下来一点

八浦上面村子的拐角，

来自蛇梁岛的昌权的姑妈，

那位年纪大了还在卖酒，

总是用茶籽油

抹头发的婆婆呢？

你是说她也？像风一样消失了？

这样的消息又能怎么办呢？

一切最终都消逝，过去……

但只要上山去的竹林

仍旧在阳光和风中

四处摇曳着光亮和凉爽，

下面池塘里的水安然不动，

而岛屿懒洋洋地漂浮，

我就还能心存感谢，

仿佛这些都还是我的事。

神仙下棋

为了一步
一千年过去了。

为下一步
又一千年过去了，但

仍未响起
落子的声音。

无题

大邱近郊的果园
远远的细枝上,

洋溢着苹果色泽
的日光里,

早晨摇晃着,当火车
像一场疾病,
抵达它高热的顶点。

爱啊,我的爱
如此的远:

这种时候
连缠在腰上的丝绸也是痛的。

东鹤寺一夜

将融雪和春夜
一并埋葬吧，

另一世界的某处
水自屋檐滴落，

而在你遥远的唇边，
现在，整个宇宙崩塌。

望着渡船

有人会造小船
让它在
宽阔的池塘
看似浩瀚的水上航行，
但最终留下的
是一个痛苦的片段，
波浪永恒的
灿烂光辉景象的短暂擦除。

爱人啊，
这种想靠近你的
欲望，在你
无限有耐性的心上
只留下那伤痕。

初恋的那个人

初恋的那个人
吻过之后
就再也抬不起脸来。
我也是看着别的地方。

她丝绸一般的发绺
在空气中散发柔和的气味
像新采摘的海藻；
那气味，倏然
令人心痛。
我的手上也沾上了。

啊，那羞惭，那挣扎！
看看被送下山谷的

小溪，水流

在它们汪汪的鳞下哭泣。

月光，随着水流，

被叠在顶上，也在哭。

空院子

所有人都离去的院子里，
木兰花盛开着，

一半枝丫
在此世，其余的在另一世界，

在远离人居住的地方
静静开放的花儿啊。

无心

有时，风
吹过芭蕉叶子

水滴随之
灿烂地坠落

这纯粹平静的时刻之外，
生命一无所求。

望着新绿

我做了什么错事？

自幼长在海边，
抓了螃蟹无所顾忌地扯断它们的腿，
把钓来的鱼做成生鱼片吃，
漫不经心游过波浪上闪烁的阳光绽放的图案；
诸如此类的事情一下子涌上来，
无底，无尽，面对着我。

又要把这些压下去，这起自内心深处的
轻微震颤；这淡淡的轻微的晕眩，
我无法克服的东西。

唉，我又能克服什么呢？

对银杏的感伤

上一次回乡路上
刚好我的热病将愈，
走进信用社办公室的后院
看着银杏叶，我学习到一种新的眼泪。

捡银杏叶的时候
我抱着翌日捡钱的梦想，
像一名小学生，孤独又凄凉。

当我把银杏叶夹在
我修身之策的书页之间时
我想到的是钱
还是我的学业呢？

和所有其他孩子一起

我自己变成了一片银杏叶，

在老师面前，

稳稳地举着手

而她数着

是，是，是，是，是……

我站在那里，在秋天的地上，

黄金的泪水洒落着。

追忆 13

海水里泡完后

没有毛巾

我们就晾干,

辣椒坦然地显露着。

即使大热天

它们有时也很冷

而我们像是要冻住了,脸色苍白。

当大姐的朋友们

或某个阿姨看见,

我们也全然不觉得羞耻

只是坐在那里任时间

流逝,辣椒显露着,

像一排向日葵。

但我们无法理解那些女孩们,

又没有小辣椒要隐藏

干吗把自己遮起来，

害羞又胆怯。

我们可能有点过于骄傲了

当我们的辣椒

在那里嘀里当啷

像手摇铃。

春之路

春天的枝丫，确切点说，
柳树上的水汽，
现在变成耀眼的空气并说话：
"喂，那位！加把劲，打起精神来！"
我是一只蜕了皮的虫子。
尽管我爬行在地上，但以后
我是要跳跃、飞行的。

可目前，对这般软绵绵的
手脚，后背，甚至这双眼睛，
要"加把劲，打起精神来"
实在是太吃力，太累赘了。
九十日的春光也太匆忙
无法耐受这种不适，

白天的光所以爬着歇着

盘桓不前，躺卧着

像流淌的雾。

归途

天刚亮就踏上霜冻的小路，
此时被浓重的夜露浸湿；
卖了一天的东西后，母亲回到了
我们躺着熟睡的地方。

架子上没有蜂蜜罐子，
只有灰尘堆积着，
我们这些又小又脏、无力还债的
孩子们，随处地躺在那里。

没有人看见，没有人
理解，当她解下
她额头上载回来的星光，
抖去沾在她袖子上的月光。

新阿里郎*

放着那山，那海，
我的爱，我永远无法抛弃你。

无论我看什么，
目光都渺远如你的山
望出一百里之外；

无论我做什么，
额头都清澈如水
如镜子映照出我的过错；

要拿你怎么办呢，
你的嘴唇，热情欢迎的村口
到处开满桃花和樱桃；

而那生长茂密的森林，

你清凉芬芳的头发，

我要如何是好呢？

那回乡的路上山的胸乳，

啊，无论我干什么，

做何种努力，

因为那海，那山

是我的爱，我永远无法忘记你。

*《阿里郎》，最著名的朝鲜民歌，诗句和旋律版本繁多。——原注

望着冬天的树

一直到二十岁
我都活在这样的渴念中，
没着没落的，像这片树丛
摇晃着它披散的长发
让人头晕；
喘不过气的树啊，爱情啊！

如今快四十岁，
我的手背又干又瘦
那些树也变成
冬天的树，毫不羞愧地
撒落它们的叶子，
索性脱掉了所有要脱的。

现在，当我在浴池里

安坐下来，看见

它们高兴地

一点点靠近，冲我挥着手，

风景在雾和晚霞中渐渐

成形，仿佛一种认定。

春江边

生产后，我的妻子，

乳房流淌得

像一条河，晃眼，

我不能直视；

僵痛的关节处，

罪恶发生的地方

被阴霾隐匿，遮蔽；

那青草上的水势

没办法指着它，

我忍下一万多句要说的话。

夜海边

坐在姐姐裙子的边上，

无法分担姐姐悲伤的无聊时候

就想走出小巷，站在海边。

当心痛

和着眼中的泪水

上涌，我变得更像那数不清的

尖锐的花鳞*，在海上月光中熠熠发亮。

天空下许多要说的话，有如

天上的繁星点点，

任它们化作夜海的波浪闪耀，灿烂，

否则它们一定会痛吧。

很快我的姐姐就会像漂浮的小岛一样睡去。

那时我会把脸埋在她的裙子里

像涌上岛岸的细浪

发出它们轻微

遥远的哭声。

＊花鳞，此指水上闪烁的碎光。——译注

喝了几杯

喝了几杯后，酒
让我的身体转了好几个圈，
要在这世上走失了。

你大概不知道，
就连走向你身边
这丑陋的姿态
也是好不容易借了些酒劲儿。

院子里丁香开着
兢兢业业地
把香味飘送到墙外头。

杨树

在昨晚
我采集星星的
你的眼里，
今天我采集
由熠熠的阳光和风
交织而成的
杨树叶子上的丝绸和珠子。

正午，在
既不能挡太阳
也不能避风的杨树下，
你或将散乱的头发撩上去，
弹弹舌头，
随便摆弄什么东西，

全然不知道

你所站的地方既不是

彼世的这头

也不是此世的那头

而是魂灵们停留的所在。

朋友，你走了

朋友啊，你走了

而我疑心，看不见你在世上，

是否有别的东西代替你

来平衡这思念之重

就像树叶凋落处

恰有风的重量

盘桓枝头。

所以今天

我拨开文字之林

奋力写诗，清楚地知道

它们没法与枝头

盘桓不去的风相比。

朋友，你的离去令我

刻骨地感受到

这事一点也不寻常。

我的诗

看那边：

除倒影之外

浑然无知的树叶，

绿得发蓝，

阳光下闪着亮，

将身体在和风中

摆来摆去，

只把生命的光辉

留作这世上欢乐的歌。

但也只有一时，

那最珍贵的一幕就在最后

消逝。看着这

彻底的无欲无求

我感到空虚，羞愧。

我写诗，

记录下希望

我死去后

留在这世界的东西，

却无法达到那些树叶的

清凉与深邃，

这虚浮之举的空洞感

将我瓦解。

江边

像放下沉重的包袱
在江边，我解开我的心。
今天我不为它
着急，茫茫的空气
令我晕眩。

感觉生命的压力
像草叶，饱含着水分，
我记得那闪忽的
梦幻般时光的流逝，
而太阳洪泻而下，
我不由得闭上眼睛……

回顾此般岁月的心

变得慷慨，开阔。
江面的粼粼波光
不是皮肤上的皱纹
而是我耀眼的
泪如泉涌的痕迹。

追忆 18

望着那海浪
平静，像一片湖，日日夜夜，
想象大海的一角就在这里
展开，而其他的去泽被太平洋，
大西洋，印度洋；甚至北极和南极，
我们大多数人永远不会去的地方，
那不是想象力能掌握的，
而是因为现实所揭示。
在我童年时，我将此瞒着所有人，
像一个只有我发现且只有我
才知道的宝藏。怀着如此神奇
尽管微不足道的梦想
使我年轻的头顶戴上耀眼的王冠，
于是整个世界就会变得精彩，
而我也会像其他人一样可敬而尊贵。

追忆 29

我们在海边的山坡上玩打仗，
小辣椒在裤子里冻得发白，
袖口因为擦鼻涕沾满了污渍。
一直玩到黑暗抹去我们脸庞的轮廓，
污渍我们带回家交给母爱清洗。
上学还太小，我们
越来越舍不得太阳下山，
把长矛和剑藏在低矮丛林里
某个地方，位置是我们的秘密，
一边暗自希望不会被任何人发现。
到现在我还做着这样的睡梦，知道
美并没有从那里往前迈一步。

我知道这般大雁的心

对大雁来说，这不是霜寒的
天空。真正引起痛苦，
甚至，在虚空的空气里
带来伤害的，是过江，
横穿这滔滔的江水，
如理性本身一样势不可挡。

这些大雁啊；
我知道这般大雁的心。

此刻，在一个
熟睡的婴孩边上，
盖着天空的被子的
上天自己的孩子，

我害怕我生活中疲惫不堪的呼吸声
可能太大了，会吵醒她。

无题

到最后，没有什么

会存留不去；

一切都在离开。

波浪，船，

乘船的人，

都去了一个遥远的国度。

世界不断变成

累累的

废墟，堆起

一座永生的塔。

多么深奥啊

无数弱小者聚集在一起

造就那最强大的。

雨天

此刻，悬崖的黑刀刃上的雨滴
坠落时一定在颤抖，

摇曳的珠帘外，高高在雾里，
我能感觉到，盗贼隐隐然出现，

我焦渴的心，仿佛一根腰带松了开来，
越发迅速地，战栗着靠向我爱人的。

树

看那些树叶
在阳光下，在风中
不住地荡漾。

亲爱的啊，
你长裙子的波浪
碰着我昏乱的头脑，
是否像歌曲一般
解散的忧愁？

爱是一种抑制不住的渴。
即便它可能无限
上升，像无限消失于
空虚徒劳的泡沫，

但最美的人啊：
若没有爱光辉地摇曳
那棵树，这世上
也就没多少别的事可做了。

秋天的海

仿佛自一首歌最优美的旋律中解脱
来到某个温和的水流滴落的凹地，
秋天的海找见了自己。

银杏叶，在我头顶上
有时似站在太阳一边，
有时向着秋天的海，
轻擦着梦的边缘。

而我内心的疾病，
向着银杏的叶子摇曳，
或向着秋海的方向战栗，
学习一种唱歌的方法。

死树开花

为了解一棵死树
开花的奥秘

我大老远跑来这里。
但一切完全深不可测，

就像一朵云在天空绽放
然后散开的缘由。

从膨胀的蓓蕾的胸脯
今天，一株木兰痛苦地开放，

为了真正为明天准备，
又开出另一个枝条。

死亡之歌

是缓缓而至，
像苎麻布轻触冰凉的肌肤，
还是像阳光和风，在水上盘旋？
或者，我们的死
闪电一般突然且令人惊骇，
像一场高速公路车祸，把一切撞成碎片？

朋友啊，把笑声，美酒，女人
和无数盘棋局的乐趣
都抛在身后的遗憾，
我何尝不知道。

但我不去理会，
一天又一天过得还不错；

早晨三四点钟醒来，也就是

把旁边睡的妻子和孩子推到一边，

我仔细琢磨这死亡，琢磨它

如何蓬勃生长，静静地，裹着一层细灰；

一边计数交织着感激和羞耻的念珠。

酷暑日记

三十多度的高温中
没一片叶子晃动。
坐在阴凉处
渴望来点儿过路的阵雨。
蝉声如火如荼
像突破封锁的消息。

酷热，像下来一道
愤怒的咒语：我只好把脚
泡在溪谷中，无精打采
摇一把扇子来缓解；
不再像六七岁的孩子那样
在水中玩耍。

离衰老还有很长一段路，

青春还剩着数英里，

仍担忧前方的路

走不了那么远。

我用敲打绝壁来计时。

花可能开了

花可能开了
却不能回乡去看；
即便全世界都被柔和的绿色覆盖，
在不能随心的地方，你又能做什么。

不是说我的生命
被债务侵蚀或剥夺了时间，
而是我度过它，一天天，
努力地把字词填进稿纸上的
方格，或盯着
棋盘上的空白处。

这些稿纸上的方格，
棋盘上的空地——突然间，

爆发，汹涌，那波浪，活生生，
喊着"想象一下你的家乡吧！"那声音
骤然点燃这疯狂的正午。

四行诗

1. 光明

水边，只有阳光
让人流泪；风，和空气
也一样。孩子，当我带你来这里，
因为忍着泪，我什么也不能指给你。

2. 一意

脱了衣服的云啊，
你总漂浮在我精神的半空。
我的身子跑了，所以现在，傻气地，
我将只用我的心意靠近你。

3. 座席

随着你弹奏悦耳的曲子，
手指溯游于有弦与无弦之间。
我的心是否在此，这一刻
无法追溯啊。

4. 小曲

喝着苹果和蔬菜汁，我疑心
能使我的血液净化多少。
坐在高血压的阴影里，
没办法控制它，我只好垂着脖子。

把额头贴着宝宝的脚掌

两岁大的祥圭，

在小巷和院子里危险地

蹒跚了一整天之后，

现在睡了；

你漂亮的小脚丫

翻过它们鞋底下

巨大的太阳：

来，就在你父亲的额头上

试着踩一步，

比石子路还要险峻。

这般柔嫩，没弄脏的脚丫。

问而不解

无论我怎么盯着看，
星星对我来说
都不见棱角。
它们只是有超凡的光辉而已。

我的爱，你也是；
无论我如何试图在心里
描画你，都无法捕捉
那径自填满我的东西的本质。

是否应将星星视作露珠，
因为它露水般的生命？
或将爱视作草叶，
为它草一样的生存？

真不懂这个世界啊，

所以我问：

一颗星星能说它是什么形状？

爱的呈现以何种姿态？

你送给我的

池塘里的水，泛着涟漪
仿佛要溢出来，却并不溢出
而是在阳光下编织图案，
并造出星光宝石。

爱人啊，我现在
怎么办才好？
你眼里汪着的泪水
要掉又不掉下，
让我受不了。
它们送我杨树叶子的幽魂，
送来让我晕眩的风。

笛孔

似是阳光
在树叶和河面上玩得
最多的方式
或者也是月光呈现的姿态。

浑浑然在这世上，
我可能已变得像是它们的远房表亲。

侍奉着我的父母，为我的兄弟姐妹，
一个斑驳的图案最终变成
深陷在肉体的笛孔，
唱着歌，在湿透的树根，
或浸湿我双脚的江水中鸣唱。

日月

山，从来一言不发，

河水唠叨不休，

经山谷流淌而下。

两根不同的枝丫

找到了和平，继续

和谐相处，尽管

脸上有分歧。

自创世以来

它们就做到了无所抱怨。

秋日的太阳下，

当阳光从枫叶染红的

山的额头高高照着，

河水辗转而蜿蜒它的

身体，它们闪闪发亮的角色

讲述着它们的存在。

在这单调的

日与月摩天轮般的往复中，

仍无法找到那不断开创

新开始的秘密，

我也终于过了五十岁。

在虚无的括号里

花或者叶，
无论开得有多美，
不能持久，
终究还是输了。

知道注定毁灭，
仍稳步地绽放开来，
发出它们热闹的喧嚣。

尽管它看上去可能软弱
或悲伤，但所有那
限定内的发生，
那痛苦，危险的
继续，都是

令人无限惊奇的原因。

人类及其荣光，当然
不过是泡沫；只是暂时
在虚无的巨大括号里
闪放一线光亮。

在风面前

去年冬天,风
不顾我锥心彻骨的悲痛
挟了我的朋友
爬到了地下,到地下。

但现在
带着某个复苏的灵魂
它爬上这株银莲花的茎杆。
有生命真好啊,
凡有生命处,
即迸发一片欢腾。

风啊,风啊,
我的路,在你面前
总是一片渺茫。

从大海所学到的

我故乡附近的海边，
杨树的叶子沙沙作响
低语着那不是梦，
寡妇们裙子上灿烂
流动的皱褶煽得人神经
错乱。这里有这有那
有一切，但都不及
大海那般丰富的
眼花缭乱。

可这四十一年来
从观看我故乡附近的海
我学到最多的一点是
如何用水的花鳞

将那残留的闪烁或摇曳，

一个人死去时的

踪影，擦亮。

看着阳光

虽然正是阳光
涌溢过我挥舞的手，
当我转过身，它却羞涩地
挠痒我的后颈。

在我不知道的地方——
阿拉伯土地，赤道区域——
它向前翻滚，燃烧，
或在浩瀚，白雪皑皑的
西伯利亚平原，覆盖上
瑟瑟寒冷，提供保护：

此时阳光均匀地
落下，伴着风，

照亮这世界。

但昨天流逝的
或明天灿烂的阳光
无踪迹可寻；
只感觉到今天的太阳
在这空虚得危险的时刻。

雾霭

二十岁时
我不太知道
流溢的天空为何那样悲泣。

你的家在那边
只要再翻过一座山。
我压抑着
要穿透雷霆核心的力量，
还是不明白
它为何散发哭泣。

不知道啊，不知道，
为何流溢的天空，今天
一下子变成四十岁

再一次替我

哭得泪眼戚戚。

小曲

我们可能认为那只蟋蟀除了唱歌
什么也不知道，
但会不会，看上去，它要碾碎
它细弱的脚落下和走动处
月光下的影子？

今晚我
释放出的叹息
落在了我爱人的肩上，
千钧重的
骨头和肉的疼痛啊。

星

那割不断的

是闪耀的因缘吗?

到从我指缝间溜走的

星星的距离:

无力填满,

我也无法哀叹。

死不过是

无法隐藏的火,

生命是

不可暴露的羞耻。

而银河,

裂开,合拢它的空隙。

心怦怦跳，

守不住我的位置；

思念的人不止一个，

数也数不清；

夜间的人生……我爬上

山坡，跌进污水坑。

山中

有偌多曲折的
爱情；最终
是快乐，还是悲伤呢？

只是快乐而已，
无从知道其差别，
青春年少时多么为它高兴。
就让它掩埋在夏天那令人窒息的
绿荫里，中年时，
让它的刺痛
浸透在秋日哭泣的
色彩中。

是啊，大山

所承载的四季

题写着我们的一生。

它照管下的溪流

夏天凉爽，

冬天变冷。

那么，我们该说爱情是让人

快乐，还是痛苦呢？

至于爱情

爱情
自连翘花丛中
现身，然后在冬天
空旷的怀抱，
在光秃的树枝间
当着雪花轻落，一种
朦胧的白或令我安慰时，
只给我一个背影；
直到蜜蜂开始嗡嗡叫
似因为可怜我
就要回来，却消失。

病后

春天来了。
像刚刚解开的头发。
刷新口感的
蒜蓉青菜的滋味。
血凉下来了，现在，
将恢复正常流动。

注意那些新芽，小小的尖顶，
那里，敏感如肌肤的泥土
刚刚破开
至一种夹杂着
欢欣的钝痛。
慷慨的馈赠使所有活着的东西
看上去像一位兄长。

扎根泥土的生命，

伸向天空，跟阳光和风

玩耍或歇息，

伟大的天和渺小的地，

你不可被阻挡的

灿烂身姿。

上山

我上山时，
茂密的树木和草丛的气味
温暖而潮湿；

一种泛着泥土味，
没有灵魂和眼鼻的东西的气味；
我自身存在的沟壑的气味，
在这里我很想说，是，就是这里！
躺下来吧；

在这里，假如我
让我的身体躺着休息一会儿，
其间，我缺席的
灵魂，将带上草的颜色，

树叶上明亮的闪光，

并从我的身体

我精神的容器里溢出，

让它的气息流动，湿润，温暖。

我看岛屿的地方

就像和兄妹们一起，

还有表亲们，

吹着风，

晒着太阳，

年轻的小岛们快活地玩耍。

有时他们似乎低下头

像是要捡珠子，

有时又把头一仰

天真地大笑。

其中一个姐妹

展开了裙子仿佛要跳舞，

另一个年轻的则像是要跑，

正跃步往前因为他来了。

啊，请听我说，上帝，
请让我们的日子
也成为这样
永远的休息日。

追忆 16

我的家乡八浦附近的海里，

一个姨妈投了水。

一个远房婶婶也投了水，

还有别的人；放弃他们宝贵的生命。

自杀：干吗走那条路？

什么梦的破碎

使他们那么渴望结束生命？

大海像一座花园吗？

那是他们跳下之前都脱掉鞋

的原因？

我曾试着想象

他们忘了那久远且已经恍惚的

他们自身悲痛的原因，

沉浸、陶醉于那种更宏大的美。

但如今，在年过半百的我的目光里，大海
已变成一种枯燥、平常的事物。

秋天来了

这个夏天，
我用一块薄麻布
遮挡暑热，
而现在，秋天终于临近
阳光自千里之外
轻轻触碰我的身体；

夏天时
我用大蒜酒漱口，
随着秋天临近
头顶上的风也变得清澈。

失眠夜

风声和鸟的叫声
都拥挤到梦的边缘后，
在我脑海里，那山间的
水声仍流连不去
彻穿我的骨头。

血脉在造反，像令人作呕的野兽；
要是能净化我脆弱的血管……
而那令人沮丧的水声
唯一告诉我的是，回到你对山的
研究上吧。其他的我不知道；
我不知道。

把我撇在一边，

搅和我妻子和孩子们

的呼吸声……

怎么能这样呢?

译后记

　　朴在森（1933—1997），韩国最受尊敬的抒情诗人，生于日本东京，在韩国庆尚南道三川浦长大，高丽大学国文系肄业，曾就职于现代文学社、大韩日报社和三星出版社等。曾获第二届现代文学新人奖、韩国诗人协会奖、老山文学奖、韩国文学作家奖、仁村奖等奖项。1953年得毛允淑推荐，在《文艺》上发表诗歌《于江水中》正式出道；1955年得徐廷柱推荐，在《现代文学》上发表诗歌《寂静》，同年得柳致环推荐，在《现代文学》上发表诗歌《命运》。1962年出版第一本诗集《春香心怀》，后陆续出版《阳光中》（1970）、《千年的风》（1975）、《在小东西们身边》（1976）、《记忆之中》（1983）等多部诗集和选集。1997年6月8日离世。其代表作为《春香心怀》和《哭泣的秋江》。他的诗歌再现了韩国抒情诗的传统韵味，笔法细腻，充满哀怜，将悲伤这种生活中十分本原的情绪,从爱恨世界中排除,重在传达生活的睿智与感动。他诗中的自然,是通过完美构建生命真谛,从而展现永恒且至纯之美的世界。他依靠这样的自然获得安慰和智慧,但也偶尔会因为自然无缺的美并非人类可轻易触及,而心生绝望。朴在森的诗,与1950年代主流的现代主义诗歌观念性、异国性的情调不同,更多表现出对韩语本身的亲和力和韩国传统情绪表达的执着。诗中使用的与口语体语调相合的独特格律,尤其被认为是他诗歌美感和自然的有效保障。

本书共收录朴在森的72首诗,是国内所出的第一本他的汉译诗选集,其中所有篇目均译自他的英译本诗选《说它远就罢了》(*Enough to Say It's Far*,普林斯顿大学出版社)。少数诗题,如《飞龙瀑布韵》《景致》《东鹤寺　夜》《一意》《追忆》《无心》《小曲》等,直接沿用韩语中的汉字诗题。诗选的英译者大卫·麦肯(David R. McCann)是哈佛大学韩国文学基金会教授,合译者申智源(JIWON SHIIN)是加州大学伯克利分校东亚语言与文化助理教授。虽说英译本已堪称可信，但由于本人不懂韩语，翻译中还是遇到少数困难和个别不易确定的内容，故而向东方语言文化学院韩语系老师崔拓来先生一一请教，在此，为崔老师提供的无私帮助表达诚挚的感激。

　　这本诗选虽说选诗数量不多，实际翻译起来却很费心神，远比最初想象的要复杂。像朴在森这样的诗人，笔触之细腻，诗意之迂回，心绪之幽微，辞采之典丽，翻译时常常虽煞费苦心仍深感笔力不及。但翻译就是这样，每一个词语的色彩，每一个句式的考量，每一处断句、标点的安排等，都经过反反复复斟酌，甚至到最后都还在犹豫。需要说明的是，虽然翻译时参照韩英双语版本，也始终对照韩语原文参考，但根本上是依据英译本翻译的。译事艰险，再加之是转译，诸多疏误和不足还望读者们批评指正。若此书的出版能引起汉语读者对朴在森的注意，甚而有韩语译者有志从原文重新释译，也算是抛砖引玉了。

李 晖

2021 年 4 月于苏州

图书在版编目（CIP）数据

秋江：朴在森诗选 /（韩）朴在森著；李晖译 . ——
北京：北京联合出版公司，2022.10
　ISBN 978-7-5596-6329-0

　Ⅰ . ①秋… Ⅱ . ①朴… ②李… Ⅲ . ①诗集—韩国—
现代 Ⅳ . ① I312.625

中国版本图书馆 CIP 数据核字 （2022） 第 119100 号

北京市版权局著作权合同登记　图字：01-2022-4675

秋江：朴在森诗选

作　　者：〔韩〕朴在森
译　　者：李　晖
出 品 人：赵红仕
责任编辑：龚　将
策 划 人：方雨辰
特约编辑：王文洁
装帧设计：方　为

北京联合出版公司出版
（北京市西城区德外大街83号楼9层　100088）
北京联合天畅文化传播公司发行
山东临沂新华印刷物流集团有限责任公司印刷　新华书店经销
字数40千字　1092毫米 × 787毫米　1/32　4印张
2022年10月第1版　2022年10月第1次印刷
ISBN 978-7-5596-6329-0
定价：48.00元